Ruf doch mal an, Mann!
Mysterium Kommunikation

## Zur Autorin

Die Eventmanagerin Nadine Kretz rutschte als Single ungeplant in die Öffentlichkeit. Während sie gestern noch ihr Privatleben vor der Außenwelt verschloss, fand sie sich plötzlich in Zeitungen, einem Magazin und in einer Unterhaltungsshow wieder. Dabei wollte sie doch nur ihren "Mister makelbehaftet Perfekt" kennen lernen und keinen Weg unversucht lassen. Mit der Frage nach dem *Warum* stolperte sie von einer Dating-Katastrophe in die nächste und stellte ihr Leben noch einmal ordentlich auf den Kopf. Ihre Abenteuer und Erlebnisse verhalfen ihr zu einigen Schlussfolgerungen.

Nadine Kretz

# Ruf doch mal an, Mann!

Mysterium Kommunikation

Bibliografische Information der Deutschen Nationalbibliothek: Die Deutsche Nationalbibliothek verzeichnet diese Publikation in der Deutschen Nationalbibliografie; detaillierte bibliografische Daten sind im Internet
über http://dnb.dnb.de abrufbar.

© 2016 Nadine Kretz
Covergestaltung: Nadine Kretz

Herstellung und Verlag:
BoD – Books on Demand, Norderstedt

ISBN: 9783741292224

**Inhaltsverzeichnis**

Vorwort ........................................................................ 6

Rückwärtskommunikation ........................................ 7

Die Kunst von Textnachrichten .............................. 13

Nicht ohne einen Herz-Emoji ................................. 19

Was ist da los? .......................................................... 24

Charakterköpfe ......................................................... 27

Die Spiegel-Kommunikation .................................. 33

Wortlose Kommunikation ....................................... 38

Onlinekommunikation ............................................ 46

Die Verabredung auf der anderen Leitung ........... 49

**Vorwort**

Lieber Leser, ich schildere meine Erfahrungen aus der Sicht einer Frau. Das bedeutet nicht, dass die Männer auf der gegenüberliegenden Seite nicht ähnliche Geschichten erleben. Letztendlich sind wir alle gleich und hegen den Wunsch, unser partnerschaftliches Gegenstück zu finden. Dabei werden wir vor die unterschiedlichsten Aufgaben gestellt und mit Begegnungen konfrontiert, die uns entweder zum persönlichen Wachstum verhelfen, uns weg schauen lassen, zum Angriff treiben oder uns das Glück der Liebe bescheren. Worin oder in wem auch immer wir diese sehen. Wie wir das erreichen, stellt uns vor große Herausforderungen. Angefangen von unseren Wünschen mit Blick auf die Ziele, laufen wir über zwischenmenschliche Hürden der Kommunikation.
**Generation Textnachrichten.**

**Rückwärtskommunikation**

Ein tolles Date, ein toller Mann, aber irgendwie fehlte da etwas. Sven war oberflächig betrachtet ein potentieller Partner, nur der Funke war nicht übergesprungen. Aber als Frau macht man sich darüber zunächst erstmals weniger Gedanken, da wir uns selten auf den ersten Blick verlieben. Für uns stellt sich nur eine Frage: War er interessant genug, um ihn ein weiteres Mal zu treffen oder nicht? Stimmen seine Parameter und erfüllt er die wichtigsten Teile unserer Checkliste? Können wir das bestätigen, sollte einem zweiten Date nichts im Wege stehen. Total unromantisch und rein rational betrachtet. So läuft das bei Frauen über Dreißig. Es sei denn, unser Matrixfehler schaltet das Gehirn aus und die Gefühle ein. Plötzlich leben wir nach dem ersten *„Hallo"* bereits gedanklich in unserem gemeinsamen Familienhaus mit zwei Kindern, dem Kombiwagen und einem Hund. Es ertönen die Hochzeitsglocken, wissen schon längst welches Kleid wir tragen, wo wir die Torte bestellen, kennen die Location, den DJ und natürlich die Sitzordnung, so dass Tante Erna nicht neben Onkel Harald sitzt, um Streit zu verhindern. Bei dem *„Wie geht`s?"* visualisieren wir unsere erstgeborene Tochter bei der Einschulung, den Problemen mit Jungs und wann wir Enkelkinder bekommen. Fragt er uns „*Sehen wir uns wieder?*" malen wir uns gedanklich ein Bild kurz vor der Reinkarnation aus, damit wir nach unserem Tod noch ein weiteres Leben mit ihm verbringen können. Glücklicherweise sind die Damen mit der Zahl Drei davor schon abgeklärter. Ab den virtuellen Hochzeitsglocken drücken wir den Stopp- und Reset-Knopf. Zurück bleibt nur die Frage nach dem zweiten Date: Wollen wir ihn wiedersehen? Darauf folgt das Spiel des Partnertanzes. Beide Geschlechter haben ein Problem, bei der gegenseitigen Konfrontation, das Blut an der richtigen Stelle zu halten. Bei Frauen verschwindet es evolutionsbedingt in die Traumlandschaft und bei Männern, naja, nennen wir es in die Reservetasche. Der Unterschied liegt darin, dass sich Frauen unbewusst noch immer über den Mann definieren, um ihren Platz in der Gesellschaft einzunehmen, und diesen wollen sie so schnell wie möglich. Das hatte Omi und Mutti ihr so vorgelebt, und es schlummert verborgen in uns drin. Der Mann macht seine Wertebestimmung seit eh und je über seine Arbeit. Einen anderen Menschen benötigt er dazu nicht, im Gegensatz zum weiblichen Geschlecht. Also hat er alle Zeit der Welt, die Frau dann zu treffen, wenn es perfekt in seinen Zeitrahmen passt. Oder wenn er Lust darauf hat. Oder seine

Kumpels anderweitig verplant sind. Oder er an eigene Kinder denkt. Oder mal romantisch essen gehen will. Oder, oder, oder. Keine Eile.

Er schreibt ihr erstmal ein paar Nachrichten, um zu sehen, wie sich das ganze so entwickelt. Langsam. Festlegen ist nicht so seine Stärke. Bei dem Überangebot ist das auch gar nicht mehr nötig. Hammerfrauen an jeder Ecke. Hübsch, intelligent und herzlich. Im Internet kann er seine Wunschkriterien ankreuzen und zusammen basteln. Hundert Treffer, da fällt die Entscheidung manchmal schwer, zumal eine Andere noch besser passen könnte. Wir müssen bei den Männern eine glatte Zehn von Zehn auf der HSS - heißen Schnecken-Skala erreichen, und das in den ersten drei Sekunden. Aber fällen wir wirklich so schnell unser Urteil über einen anderen Menschen? Um das heraus zu finden, wagte ich ein Experiment. – die Rückwärtskommunikation Ich verabredete mich zu einem Blind-Date mit Bernd-Daniel aus dem Internet. In der schriftlichen Kommunikation trafen wir die Vereinbarung uns anstelle eines *„Hallos"* mit einem *„Ja"*, *„Nein"* oder *„Vielleicht"* zu begegnen. Der erste Anblick sollte über ein weiteres Treffen entscheiden und die Wartezeit nach dem Date auf ein Folgedate eliminieren. Die Begegnung wäre

aufregend, kein normales Date und endlich wieder Spannung in einer ersten Verabredung. Nach gefühlten eintausend Dates war ich plötzlich nervös vor einem Treffen, und er war es auch. Egal, welche Antwort wir einander gaben, wir versprachen uns ein schönes Treffen. Ich war optimistisch, dass wir unser Versprechen einhielten, da wir lange und gute Gespräche schrieben. Auf ein vorheriges Telefonat verzichteten wir bewusst. Der Tag war gekommen. Wir sahen uns, kamen uns näher und ich gab ihm aus Nervosität einen distanzierten Händedruck und stammelte:
*„Vielleicht".*
Er schwieg.
*„Du sagst ja gar nichts?".*
*„Äh, ja, auch vielleicht",* grinste er mich an.
*„Okay, dann wäre das geklärt. Etwas essen?",* erwiderte ich nüchtern.

Aber funktionierte das Experiment? Würde man wirklich die Wahrheit sagen? Verletzen wir den Anderen mit einem *„Nein"* oder geben wir uns eventuell mit einem *„Ja"* die Blöße? Wählt man aus Sicherheit lieber das *„Vielleicht"*? Auf jeden Fall war das mein entspanntestes Date. Vielleicht lag es an dem unkomplizierten Mann oder der

Leichtigkeit an sich. Durch die Sekundenentscheidung führte dieses Date mit zwölf Stunden zum Marathon-Date. Es war meine längste erste Verabredung und ein sehr schöner Tag. Allerdings hatten wir uns danach nicht wieder gesehen. Es passte einfach nicht.

Männer unter fünfundzwanzig nutzen beim Kennenlernen ihren Jagdinstinkt. Ist die Dame halbwegs ansehnlich, starten sie mit einem *„Ja"* volle Fahrt voraus. Für ein *„Nein"* muss sich Frau schon einige Fauxpas leisten. In dem zarten Alter sind seine Ansprüche noch nicht vollständig entwickelt oder besser gesagt, noch nicht überentwickelt, und die Frau darf einfach so sein wie sie ist. Der Nachteil dieser „Anspruchslosigkeit" ist sein persönliches Wachstum, sein Erfahrungsschatz, sein noch nicht ausgelebter Tatendrang und der Wunsch nach einer steilen Karriere. Exemplare, die nur in den Tag hinein leben und seine Urlaube auf dem Campingplatz neben Tante Traude und der Regentonne verbringen wollen, sind für die selbstbewusste Frau uninteressant. Zelten, die Natur genießen, sich dabei von den Mücken auffressen lassen, mit dem Blick im Lagerfeuer versinken und drei Tage nach Rauch stinken, kann eine schöne Angelegenheit sein, doch die meisten Frauen bevorzugen einen Urlaub mit Badezimmertür, statt Rudelduschen. Demnach wollen wir einen reiferen Mann, erst recht, wenn wir selbst keine Zwanzig mehr sind. Hier beginnt ein weiteres Dilemma. Die selbstbewusste Frau hat ihre Vorstellungen, ist trotzdem nicht festgefahren, und würde sich erobern lassen, wenn die Emanzipation nicht falsch verstanden würde.

*„Schatz, Du sitzt vorne und bezahlst"*, hörte ich den Herrn seiner Frau zurufen, als sie ins Taxi stiegen. Mein derzeitiger Begleiter ließ mir dafür die Glastür vom Eingang beinahe ins Gesicht fallen. Dürfen oder können Männer den Damen nicht mehr die Tür aufhalten? Sei es wenigstens die vom Taxi, wenn sie schon die Zeche zahlt? Immerhin hat er es ihr persönlich mitgeteilt, wenn auch lautstark mit dominantem Ton.

**Die Kunst von Textnachrichten**

Seitdem Textnachrichten, Voicemails und digitale Gruppen existieren, gibt es wesentlich mehr Streitpunkte als zu zuvor. Ich schreibe eine normale, wertfreie, sachliche Information und es führt zu Missverständnissen, Beurteilungen, Interpretationen und Bewertungen. Warum werden Textnachrichten so oft falsch verstanden? Man könnte annehmen, die Kommunikation wurde aufgrund moderner Möglichkeiten und Techniken einfacher, aber sie wurde anstrengender. Und nicht nur meine sprachlichen Fähigkeiten, sondern auch die meines Bekanntenkreises, führen regelmäßig zu Verzweiflung, Ärger, Wutausbrüchen, Beleidigungen oder zu einigen Lachern.

Ich schickte Emma ein Bild aus einem Schuhladen von schicken schwarzen High Heels, die ich dort entdeckte. Eine solch wichtige Lebensentscheidung, den Kauf betreffend, konnte ich unmöglich leichtfertig alleine treffen. Ich wartete einige Minuten auf Emmas Rückmeldung und stolzierte den Teppichboden auf und ab, um die Blasenwirkung der Schuhe abzuschätzen. Ich wollte sie!

Jetzt! Also traf ich meine Kaufentscheidung, bevor Emma die Gelegenheit hatte mir zu antworten und ich meinen nächsten Termin verpasste. Da meine Freundin nicht unmittelbar innerhalb zwei Minuten zurück antwortete, hätte meine Stimmung auch, in die des kleinen Kindes von damals, zurück verfallen können. Ich bekam nicht die Aufmerksamkeit, die ich mir wünschte und nicht in der Sekunde, in der ich sie einforderte. Wütend auf das Handy und auf die Freundin, wird in Zorn die Nummer gelöscht. Sie hat uns nicht mehr lieb und soeben erhielten wir den Beweis dafür. Ansonsten wäre sie, in dieser existenziellen Lebensphase des Schuhkaufs, für uns da gewesen. Wir zaubern ein Drama aus einer nichtigen Situation, die kein Drama benötigt. Warum können wir uns nicht gegenseitig so lassen wie wir sind, nicht in Kindheitsverletzungen zurück verfallen und weniger negativ bewerten? Das würde uns den peinlichen Moment ersparen, wenn wir wieder in die Rolle des Erwachsenen schlüpfen und begreifen, wie dumm wir uns angestellt haben. Wir realisieren, dass wir zu unseren Freunden, dem Date oder Partner unfair waren. Leider konnten wir nicht anders und gelobten Besserung. Die meisten bessern sich nicht, da sich der Automatismus nicht so leicht abschalten lässt. Also sammeln wir die Scherben unseres Telefons wieder

ein, das wir zuvor wütend an die Wand warfen und die Ehre, die wir in der Öffentlichkeit als trauriges oder trotziges Kleinkind zurück gelassen hatten. Angenommen, wir haben es geschafft die Situation neutral zu bewerten:
*"Vermutlich hat Emma im Moment keine Zeit zu antworten."*
Dann stehen wir noch immer vor der Herausforderung, dass die Freundin, aufgrund ihrer alten Verletzlichkeiten, wieder zum Kind in der Frau wird und das Drama beginnt trotzdem.

Nachricht an Emma, nachdem ich mich für die Schuhe entschieden hatte:
*"Hab sie gekauft."*
Ich stand unter Zeitdruck und beschränkte meinen Text auf die Fakten. Es sollte ein freudiger Hinweis sein und sie sollte wissen, dass ich nicht mehr auf ihre Antwort wartete. Wohlwollend gemeint, aber kein Smiley, kein Grinsen, keine weiteren Zeilen oder Zeichen. Aus Frauensicht eine nicht mehr als positiv einzuordnende Drohung. Männer sind genauso sparsam mit den gelben, kleinen Monstern, das die Damenwelt schier in die Verzweiflung stürzt:

*"Er mag mich nicht"*, ist die Schlussfolgerung, wenn keine Küsschen oder Herzchen auftauchen. Das kleinste An-

Zeichen wird bewertet. Im Zweifel immer gegen den Angeklagten, lautet die Devise der kleinen Selbstjustiz.

*„Nur weil ich nicht direkt geantwortet habe, musst du jetzt nicht sauer werden!",* schrieb Emma nach meiner Schnäppchenjagd. Dabei wollte ich nur mitteilen, dass ich die Schuhe gekauft habe. Ich hätte meine Entscheidung nicht von einer anderen Person abhängig machen sollen. Nun suchte ich die Schuld für ihre Reaktion bei mir, weil ich mich nicht verständlich genug ausdrückte und überhaupt um Rat fragte. Und schon begann ein neues aufgelebtes Kindheitsdrama mit Selbstvorwürfen. Müssen wir immer alles mit der digitalen Welt teilen? Hätte ich die Schuhe nicht kaufen und sie ihr zeigen können, wenn ich ihr das nächste Mal von Angesicht zu Angesicht oder von Fuß zu Fuß gegenüber stand? Nachfragen wäre eine gute Möglichkeit, statt vorschnell zu urteilen. Dann hätte auch dieses Gespräch um die Schuhe anders verlaufen können:

*„Du bist sauer! Nur weil ich nicht sofort antwortete und für dich springe! Knallst mir jetzt hin, dass du die Schuhe gekauft hast? Frag mich doch einfach gar nichts mehr, wenn du direkt eingeschnappt bist!".*

Eine interessante Reaktion, die mich aus den neuen Latschen kippen ließ. Wieso reagierte sie so aggressiv?
*„Du bist sauer!"*, schrieb sie. Ich war es nicht, aber offensichtlich Emma, schloss ich anhand ihrer theatralischen Worte. Und war nun der Sender oder der Empfänger eingeschnappt? Emma fühlte sich unter Druck gesetzt, missverstanden und durchlebte ihre eigene Verletzlichkeit. Entweder akzeptieren wir das in aller Gelassenheit oder überdenken die Freundschaft.

Mit einer Frage und Ich-Botschaft, anstelle der verbalen Kavallerie könnte ein Gespräch so ablaufen:
*„Du hast so knapp geantwortet. Ich hab deshalb das Gefühl, du bist sauer. Stimmt das?"*
*„Nein, ich war im Stress und deshalb kurz angebunden, sorry."*
Ein vorwurfsvolles *„Du bist doch sauer!"*, führt immer zu Streit oder Funk-Stille. Wie kann ein banaler Kauf von ein Paar Schuhen zum Kommunikationsproblem werden, wenn wir doch nur unsere Freude darüber mitteilen wollen? Müssen wir jedes Wort analysieren, auf die Goldwaage legen und die Kindheitsgeschichte des Gegenübers erahnen, damit es nicht falsch verstanden wird? Meistens denken wir über die Zeilen, die wir tippen kein bisschen nach. Mal schnell hier und da eine Message,

und wenn ich eine Stunde auf dem Klo verbringe, habe ich 395 Nachrichten aus verschiedenen Gruppen verpasst, die ich beim nächsten Stuhlgang abarbeiten muss. Damit ich zukünftig sofort reagieren kann, lasse ich das Handy nachts einfach an und antworte, statt zu schlafen. Dabei aber bitte immer auf die Wortwahl achten, damit es nicht zu weiteren Missverständnissen führt. Haben wir einen Partner, wundert der sich plötzlich, weshalb wir so spät noch online sind, wo wir uns digital rumtreiben und mit welchem Liebhaber wir uns vergnügen:

*„Wem schreibst du, um diese Uhrzeit?"*
*„Nur Freunden".*
*„Gute Nacht, SCHATZ!",* lautet seine wutentbrannte Message und sehnt sich nach deiner Aufmerksamkeit.
Zur Besänftigung hilft nur ein realer Kuss mit einem echten analogen Lächeln. Das Handy – abschalten.

**Nicht ohne einen Herz-Emoji**

Ist es besser mit lustigen Symbolen zu arbeiten? Damit lassen sich Aussagen fabelhaft unterstützen und die Missverständnisse sind minimierbar. Oder? Ich verschickte einen nachdenklichen Smiley, weil ich eine Aussage nicht verstand. Bewertet wurde das als verhöhnen und Angriff. Darauf folgte eine zweiwöchige Kommunikationspause. Einen Smiley zu setzen war also ebenfalls der verkehrte Ansatz? Wer versteht was und wie? Wo finde ich die Übersetzungsliste der Emojis? Eine Erläuterung im Anhang oder ein aufploppendes Fenster mit Symbol-Erklärungen würden Informationen freundlicher werden lassen. Kurznachrichten sind die stille Post der Mobiltelefone und Emojis eine hohe kommunikative Wissenschaft, wenn man sie denn richtig deuten würde. ;)

Marc schwärmte, wie toll er mich fand und berichtete gleichzeitig von seiner digitalen Flirt-Neuanmeldung.
*„Du bist jetzt bei einer Datingplattform?"*, fragte ich ihn ganz ohne Zwinker-Smiley.
*„Du explodierst ja schnell"*, war seine Rückantwort, auch ohne Smiley. Bis dahin wusste ich noch gar nicht, dass ich explodiert war und fühlte mich noch recht vollständig.

*„Nein, warum?"*

*„Nicht alle Männer sind Dreck und von mir brauchst du das auch nicht denken!",* wetterte Marc weiter. Was sollte ich darauf antworten? Einen Emoji, der Verwunderung oder eine Schockstarre symbolisierte? Ich war sprachlos in Bild und Ton. Müssen wir uns angreifen lassen, wenn wir nichts Böses im Sinn haben? Warum reagiert jemand so? Der Hintergrund der Attacke liegt in der Ertappe. Der Mann hatte sich bedroht gefühlt und trat mit dem Angriff in die Verteidigung. Wenn ich eine Frau schön, spannend, liebenswert und als potentielle Partnerin betrachte, melde ich mich natürlich nicht bei einer Knick-Knack-Plattform an. Er hatte sich erwischt gefühlt und ausgeteilt, um nicht einzustecken. Nachdem er erkannte, dass er nicht zum Gentleman aufstieg, fühlte er sich für sein Fehlverhalten schuldig. Er bewertete sich selbst, anhand seiner ethischen Gesinnung und wurde mir gegenüber wütend, um von sich abzulenken. Er unterschied nicht mehr, ob der Angriff von außen kam, oder ob er sich selbst richtete. In seinem Kopf lief seine eigene Geschichte ab, so wie bei uns allen, wenn wir aus der Haut fahren. Ein in sich ruhender Mensch, würde sich nicht angegriffen fühlen und die Thematik samt der Negativität zum Sender zurück schicken. Tiefsitzende Verletzungen der Seele lassen aus harmlosen Worten

Vulkanausbrüche folgen. Die Spule des Schmerzes wurde uns in jungen Jahren eingepflanzt und bringt so lange alte Muster zum Vorschein, bis wir in der Lage sind, aus den Dramen eine Lovestory zu machen. Wir dürfen uns die Bilder anschauen, andere Sequenzen drehen, betrachten, was sich verändert, neu zusammen schneiden und nach dem Directors Cut auf das Happy End zusteuern.

Der jüngere Partner meiner Freundin Eva diskutierte mit ihr über den deutlichen Altersunterschied. Ihn würde die große Differenz nicht stören, aber er vermutete, dass Evas Freundeskreis ihn ablehnen würde und verfiel in eine Opferrolle.
*„Ich habe ganz wunderbare Menschen in meinem Leben in jeder Altersklasse, und wenn sie unsere Verbindung nicht akzeptieren, sind es nicht mehr meine Freunde"*, versuchte ihn Eva zu beruhigen. Sie wollte ihm damit sagen, dass ihr Bekanntenkreis ihre Entscheidung zu Adam akzeptieren wird. Eva würde zu Adam stehen, wenn sich jemand gegen die Beziehung aussprechen würde. Das konnte er doch nicht falsch verstehen?
*„Das war ja nicht böse gemeint, du musst das nicht gleich persönlich nehmen"*, antwortete Adam mit Schuldzuweisung.

Sie wollte liebevolle Worte aussenden und bekam einen Vorwurf zurück. Eva verstand seine Reaktion nicht, aß nachdenklich einen Apfel, verscheuchte die Schlange von der Textnachricht und griff zum Hörer. Das Menschenpaar sprach sich aus und sie liefen mit ihren Smartphones zurück ins Paradies. Adam war aufgrund des Altersunterschieds verunsichert. Er war derjenige von Beiden, der die Nachricht persönlich nahm, nicht Eva. Auch Männer brauchen hinter Aussagen öfter einen Herz-Emoji bis hin zum Liebesapfel, um Botschaften richtig zu begreifen.

Bei einer anderen Freundin wäre auch damit nichts mehr zu retten gewesen:
*„Kommst du Freitag mit zum Essen?"*
*„Hatte ich vor."*
*„Ich muss es wissen, wenn du nicht kommst. Wegen der Bestellung."*
*„Wollte schon mit."*
*„Nicht, dass du dich zu spät anders entscheidest."*
*„Doch."*
*„Ich hab keine Lust auf den Kosten sitzen zu bleiben!"*
*„Hab doch nichts anderes gesagt. Willst du mich nicht dabei haben?"*
*„Klar doch! Aber bis morgen brauche ich die Info. Entscheide dich mal."*
*„Mach, wie du es für richtig hältst."*

*„Ich hab dein Essen storniert!"*

Es folgte ein Freundschaftsabbruch und Dosenravioli am Freitag. Es war eine Pärchen-Veranstaltung und Simone wollte keine Konkurrentin dabei haben. Um sich selbst ein reines Gewissen zu verschaffen, konnte sie dem Single nicht absagen. Das wäre in ihren Augen inakzeptabel und verwerflich. Die Bestätigung zu überhören und nicht anzunehmen ist eine geschickte Verdrehung der Tatsachen:

*„Ich hab nur nachgefragt, und sie sagte ich soll machen, was ich will",* lautete die Zusammenfassung.

*„Außerdem habe ich mir gleich gedacht, dass sie nicht mitkommt, und ich wollte nicht auf den Kosten sitzen bleiben. Und wie man sieht, ich hatte recht, denn sie kam nicht!"*

Eine raffinierte Art des Rausekelns, um es sich schön zu reden und an der eigenen subjektiven Wahrheit festzuhalten. Ein Selbstschutz, um seine Moralvorstellungen nicht durch das Ego kippen zu lassen und sich treu zu bleiben. Fiktion und Wahrheit liegen dicht nebeneinander. Wir Menschen haben kreative und ausgeklügelte Mechanismen, um unsere Taten vor uns selbst zu vertuschen, zu rechtfertigen und als „gut" zu bezeichnen.

**Was ist da los?**

Weshalb werden normale Konversationen so häufig negativ ausgelegt? Wie sensibel und vorsichtig muss eine Nachricht verfasst werden, um kein Streitpotential zu entflammen? Mehrere Herz-Smileys verschicken? Das Sender-Empfänger Prinzip läuft bei den Kurznachrichten aus allen Rudern. Warum? Weil wir schreiben, anstelle eines persönlichen Gespräches. Früher als Teenager hing man stundenlang an der Strippe und wir entwickelten eine enge Bindung zum Telefon und dem Menschen auf der anderen Seite der Leitung. Wir teilten uns mit, bildeten uns anhand des Gesagten eine Meinung und lernten Vorlieben, Wünsche, Schwächen, Interessen und Ziele des Anderen kennen. Wir verliebten uns in einen Menschen, weil wir ihn kannten, und weil wir mehr Dinge an ihm zu schätzen wussten als uns abschreckte. Vielleicht wurde er nicht zu unserem Partner, aber er wurde zu einem Freund, den wir nicht missen wollten. Die endlos langen Telefonate hatten den zusätzlichen Nutzen, die Eltern mit der Machtübernahme des kommunikativen Mittels zur Weißglut zu treiben und das Besetzt-Zeichen zum Dauerbrenner zu etablieren. Die Sturm- und Drang-Phase der Jugendjahre. Sogar Treffpunkte organisierte man telefonisch und ohne Handy funktionierte es erstaunlicherweise trotzdem. Eventuell hatte man sich nicht sofort gefunden, aber aus einem nicht mehr nachvollziehbaren Grund, lief man sich immer irgendwann über den Weg. Heute unvorstellbar. Schaut man sich auf dem Display die Aneinanderreihung der Wörter genauer an, stellt man fest, dass es sich meistens um Informationen oder Fragen handelt, auf die einer der Parteien überzogen reagiert. Der Grund darin, liegt in unserer zeitlich bestimmten Gemütslage.

*„Wie geht´s Dir?"*
*„Nett, dass er/sie an mich denkt."*
Wir haben einen guten Tag. Alles versetzt uns in Freude und Dankbarkeit.

*„Wie geht´s Dir?"*
*„Schön, von der anderen Person zu hören."*
Unsere Mitmenschen und Freunde sind uns in dem Moment wichtig.

*„Wie geht´s Dir?"*

*„Hab jetzt keine Lust zu antworten. Mach ich morgen, oder übermorgen, oder wenn ich irgendwann mal Zeit habe."*

Eventuell antworten wir gar nicht mehr. Wir haben Stress, viele Termine und einen hektischen Alltag. Die Nachricht wird vergessen, bis wir den Wunsch verspüren, dem anderen zu schreiben und die alte, unbeantwortete Nachricht im Postfach entdecken.

*„Wie geht´s Dir?"*

*„Der/die nervt, hat der/die kein eigenes Leben?"*

Wir fühlen uns von den Paketen, die uns das Leben bringt überfordert, sind mit uns und der Welt unzufrieden.

*„Wie geht´s Dir?"*

*„Er/sie fragt nur, um sich an meinem Leid zu erfreuen. So war er/sie schon immer. Dann kann er/sie mir wieder von seinem/ihrem tollen perfekten Leben berichten und dem ganzen Glück, dass er/sie ständig in den Schoß geworfen bekommt, ohne etwas dafür zu tun. Selbst rackert man sich ab. Was für ein A\*\*\*h!"*

Reagieren wir in dieser Form auf ein *„Wie geht´s Dir?"*, sind wohl Urlaub oder pflanzliche Beruhigungsmittel eine hilfreiche Maßnahme. Die Person hat die Lust am Leben verloren, empfindet alles als ungerecht und unfair. Er/sie ist verzweifelt und verbittert, weil er/sie keinen Ausweg mehr sieht, sein/ihr Schicksal positiv zu beeinflussen.

**Charakterköpfe**

Manchmal fragen wir uns, wie wir gewissen Menschen begegnen sollen. Wir sind überfordert von deren Launen und haben uns plötzlich selbst nicht mehr unter Kontrolle. Sie drücken unsere Knöpfe an Gefühlsregungen und lassen uns durch Täler der Verzweiflung steigen. Warum sind wir Menschen wie wir sind? Und was steckt hinter all diesen Fassaden?

*Der arrogante Besserwisser:*
Der Pfau mit seiner Federpracht stolziert hocherhobenen Hauptes durch Tag und Nacht. Er ist voller Hochmut und behandelt andere gerne von oben herab. Er lässt sie spüren ein Mensch zweiter Klasse zu sein, denn in der ersten sitzt er lieber allein. Sie sind beratungsresistent und voller Zuversicht, stets die korrekte, unantastbare Meinung zu vertreten. Sie fühlen sich als Mittelpunkt des Universums und finden sich beruflich gerne unter den Anwälten

wieder. Der falsche Stolz wird gepaart mit einer überheblichen Portion Arroganz. Ihr Benehmen ist oft nur mit einem Kopfschütteln zu ertragen, während sich die Narzissten im Spiegel selbst bewundern und für jede Tat dem anderen die Schuld in die Schuhe schieben. Oftmals stecken große Unsicherheiten und ein mangelndes Selbstbewusstsein dahinter. Der Pfau lebt in seiner Welt des Scheins und hat Angst sich die Blöße zu geben, da er mit Niederlagen nicht zurechtkommt. Ihm fehlte als Kind die nötige Aufmerksamkeit, die er sich als Erwachsener doppelt portioniert. Eine eigene Persönlichkeitsstörung empfindet er nicht.

*Der Schweigsame:*
Die Schnecke verkriecht sich bei Streitereien gerne in ihr Haus. Sie ist sehr harmoniebedürftig und geht Konfrontationen lieber aus dem Weg. Sie hat den Eindruck unterlegen zu sein und dass Diskussionen mit dem Gegenüber nicht zielführend sind. Auseinandersetzungen werden schweigend hingenommen und prallen am Kokon ab, bis der Sturm beendet ist. Die Schnecke versucht auf passive Weise Distanz aufzubauen, weil sie sich aktiv nicht gewachsen fühlt. Sie fühlt sich zu Unrecht kritisiert und hat Schwierigkeiten, ihre eigenen Wünsche und

Bedürfnisse vor dem vermeintlich Stärkeren zu behaupten. Statt Grenzen zu setzen, zieht sie als Ausweg den Rückzug vor.

*Der Choleriker:*
Der brüllende Löwe ist schnell erregbar und hat eine geringe Frustrationsgrenze. Er ist unberechenbar und attackiert seine Menschen mit einem hohen Maß an Aggressivität. Wenn diese keine Grenzen oder ein klares Stopp setzen, frisst er sie lebendig mit Haut und Haaren. Seine Ausbrüche schaden ihm selbst und seinem Umfeld. Er trägt so viel Wut und Ärger in sich, den er selten unter Kontrolle hat und auf seine Mitmenschen kanalisiert. Der König der Tiere ist wegen seiner einfordernden Stärke oft ein gern gesehener Vorgesetzter, zum Bedauern seiner Untertanen. Mit dem richtigen Blickwinkel auf das eigene Leben mit allen Problemen könnte der Löwe zum Schmusetiger werden.

*Der Rücksichtslose:*
Die Tauben machen Krach und scheißen dir aufs Dach. Empathie ist für den Rücksichtslosen ein Fremdwort. Er stillt und nährt lediglich seine eigenen Bedürfnisse, ohne die Grenzen, Werte und Wünsche des Anderen zu

respektieren. Die Verteidigung der eigenen Interessen hat höchste Prioritäten und wird mit allen zur Verfügung stehenden Mitteln durchgesetzt. Koste es, was es wolle. Eine Art der Kaltherzigkeit durch fehlende vermittelte Wärme. Der Prototyp des Egomanen, der selbstzentriert mit Scheuklappen durch das Leben fliegt.

*Der Unberechenbare*:
Bullen wirken oberflächig betrachtet ruhig. Sie stehen in ihrer Mitte mit all ihrer Stärke und Kraft und sind beliebte Herdentiere. Die Gefahr bei diesen Tieren besteht darin, dass sie im Gegensatz zu anderen Lebewesen ohne Vorwarnung angreifen. Das kann durch unscheinbare Nuancen wie ein Verdrehen der Augen, abfälliges Hochziehen der Augenbrauen oder Spitzen in der Stimmlage geschehen. Nicht nur die verbale Kommunikation macht die wertende Musik. Einem Bullen darf man niemals ins Wort fallen, sonst geht er zum Angriff über. Er fühlt sich nicht respektiert und wertgeschätzt und dominiert über sein Herrschaftsgebiet. Sein Satz ist sein Territorium, in das nicht eingegriffen werden darf und ansonsten zu innerlichen oder äußerlichen Wutausbrüchen und Attacken führt.

*Der Hilfsbereite:*
Der Retter in der Not. Wie ein Delfin fischt er in den Meeren und ist zur Stelle, wenn man ihn braucht. Der Delfin ist ein edler Helfer und meistens handelt es sich dabei um bescheidene Menschen, die großen Wert auf Respekt, Achtsamkeit, Toleranz und Mitgefühl legen. Hinter der wohlgesonnen Hilfsbereitschaft kann allerdings auch der Drang dahinter stecken, sich Anerkennung und Aufmerksamkeit durch eine gute Tat zu holen. Es handelt sich dabei um Menschen, die ihre Hilfe regelrecht aufdrängen und Schwierigkeiten haben, selbst welche anzunehmen. Erhofft werden sich Dankbarkeit und Anerkennung, um einen fehlenden Selbstwert zu kompensieren. Haben sie in jungen Jahren ein Lob nur durch gute Taten geerntet, streben sie nach Wiederholungen, um sich geliebt und wichtig zu fühlen. Besonders Kinder, die das Rollenbild der Eltern angenommen haben und zu früh Verantwortung übernahmen, verfallen gerne dem Helfersyndrom. Bei der Berücksichtigung der eigenen Wünsche und Bedürfnisse werten sie sich als schlechten Menschen und opfern sich für andere auf. Wir brauchen eine gesunde Selbsteinschätzung, ob die Hilfestellung aus Nächstenliebe geschieht oder wir aufgrund der Tat Liebe ernten wollen.

Die Erkenntnis, welches Motiv wirklich dahinter steckt, ist ein Schritt in die persönliche Weiterentwicklung.

Unsere Kommunikation hat immer mit uns, unseren Wünschen, Bedürfnissen, dem Selbstwert und der eigenen Grenzen zu tun. Wenn wir einen anderen Menschen vorwerfen zu urteilen, dürfen wir uns die Frage stellen, wann wir selbst als Kläger und Richter auftreten.

## Die Spiegel-Kommunikation

Wie verletzlich sind wir alle? Liegt die Bewertung an uns selbst oder bei dem anderen? Wenn jemand eine neutrale Nachricht enttäuscht, beleidigt oder gereizt aufnimmt, woran liegt das? Hat er selbst Ängste, etwas Falsches zu sagen, abgelehnt zu werden oder sogar nicht gut genug zu sein? Sind die Vorurteile anderen gegenüber seine eigene Bewertung? Warum beziehen wir alles auf uns und nehmen es gleich persönlich? Sind wir sauer, weil der andere nicht geantwortet, unsere Nachricht aber gelesen hat? Wäre es stattdessen möglich, dass er gar nicht wütend ist, sondern einfach mal gerade keine Zeit hatte die Nachricht zu beantworten? Oder er wollte sich in Ruhe um die Rückmeldung kümmern, weil wir ihm wichtig sind? Vielleicht wollte er manche Dinge lieber mit uns telefonisch oder unter vier Augen besprechen? Hat er eventuell eigene Probleme? Wir können auch unser Ego triumphieren lassen und jedes Wort mit feindlichem Blick auf uns ausgerichtet sehen. Hier entsteht ein Problem in der Bewertung, weil wir es persönlich nehmen. Und so pulsiert jeder Buchstabe zum ausgereiften Drama. Dabei machen wir es ganz genauso. Per Handy bekommen wir eine Botschaft und müssen sie einordnen. Wenn wir keine Lust auf Kurznachrichten haben, halten wir sie kurz und knapp, was fälschlicherweise als schroff und desinteressiert rüber kommen kann. In der Schnelligkeit tippen wir die Zeilen mit einer Menge Fehlern, unverständlichen Worten und Sätzen, die wir in der neuen Zeile wieder richtig stellen. Dazu nutzen wir aus dem Zusammenhang gerissene Fetzen, die das Ganze noch umständlicher machen:

*„Ich mag das leder nicht."*
*„Du magst Leder nicht?"*
*„leider"*
*„Du magst leider kein Leder?"*
*„nicht leder"*
*„leder"*
*„nein, schon wieder, Mist, leider!"*
*„meinte ich"*
*„?"*
*„ich wollte leider, statt Leder schreiben"*

Textteile sind verwirrend. Aber auch bei einer direkten Gegenüberstellung mit Mimik und Gestik ist es besonders beim Geschlechterkampf eine Herausforderung, sich nicht gegenseitig an die Gurgel zu gehen. Oft wollen wir etwas ganz anderes ausdrücken, als das, was ankommt:

*„Schatz, der Mülleimer ist voll"*, sagt die Frau.
Der Mann versteht: *„Mülleimer voll."*
Der Mann denkt: *„Ja, ist voll."*
Die Frau denkt: *„Warum bringt er ihn nie runter? Warum muss ich immer alles machen? Er macht nie etwas im Haushalt. Ich koche, putze, wasche, gehe ebenfalls arbeiten und er kann nicht einmal den verdammten Müll runter bringen. Irgendwann reicht es mir wirklich. Soll er doch mal den Kram alleine machen, dann wird er schon sehen was er davon hat. Und wie er immer von seiner Sekretärin schwärmt. Für sie würde er bestimmt sofort den Müll runter bringen, wenn Tussnelda ihn darum bitten würde. Nur bei mir nicht. Ich glaube er liebt mich gar nicht mehr. Oder er hat eine Affäre, auch letztens war er schon so komisch, jetzt wo ich darüber nachdenke wird es mir immer klarer. Dann trag ich den Müll eben selber raus und geh früh ins Bett. Soll er doch machen was er will!"*

In dem Fall wäre die Lösung ganz einfach, wenn die Frau aussprechen würde, was sie wirklich will:
*„Schatz, kannst du den Müll runter bringen?"*
Er sagt: *„Ja."*
Er denkt: *„Später."*

Sie denkt: *„Warum macht er es dann nicht? Für die Tussnelda aus dem Büro…."*

Also fehlt noch die letzte Präzession bei der Aufgabenstellung: die Zeitangabe. In der Königsklasse lockt man zusätzlich mit einer Prämie oder macht ihm klar, welchen Nutzen es für IHN hätte, es zu erledigen:
*„Schatz, kannst du bitte jetzt den Müll runter bringen? Ich würde dir gerne deinen Nachtisch machen, aber so kann ich keine Becher entsorgen. Außerdem fängt gleich Fußball an, deshalb lieber direkt, damit du in Ruhe gucken kannst."*

Und die Antwort, die jeder Mann in einer Beziehung verinnerlichen sollte, würde lauten:

*„Ja, Schatz."*
Vorausgesetzt, es ist halbwegs ehrlich gemeint. Eine Täuschung würde die Frau sofort wittern und das Friedensangebot ins Gegenteil verkehren.

Schon beim Müll gibt es einen gedanklichen Rattenschwanz. Bei dem einen mehr, bei dem anderen weniger. Wirklich problematisch wird es, wenn die Frau bei einem

Streitgespräch auf die Frage „*Was ist?*" mit „*Nichts*" antwortet. Jeder Mann kann sich gewiss sein, dass das „*Nichts*" der Gipfel des Ärgernisses bedeutet. Er sollte sich überlegen, wie er seinen Fehler wieder gut machen kann, selbst wenn es in seinen Augen gar keinen gegeben hat!
Friedvolle Kommunikation ist schon im persönlichen Duell problematisch, wie wollen wir das dann mit wenigen Zeichen erreichen? Mal ganz abgesehen von den blauen Häkchen, die zu zahlreichen Wutausbrüchen führen, weil der andere nicht schnell genug zurück geschrieben, die Nachricht aber gelesen hat. Stress und Kontrolle sind die eigentlichen beiden blauen Haken an der Sache. Und wann verschicke ich einen Kuss-Smilie als freundschaftliches Symbol, so dass man(n) es nicht für eine Anmache hält? Schicke ich keinen, weiß der andere aber nicht, dass er „mein Freund" und die Aussage nett gemeint ist. Können wir nicht mehr miteinander sprechen? Sitzen wir jemanden gegenüber und lauschen seinen Worten drücken wir Empathie aus, indem wir unbewusst seine Gestiken spiegeln und Wörter oder ganze Sätze von ihm wiederholen. Ein anderer Ausdruck von Zugehörigkeit ist, Dialekte aus örtlichen Regionen oder dem Gruppen-Slang zu übernehmen. Soziolekt zeugt von Respekt und sozialer Anpassung. Das überträgt sich auch auf Kurznachrichten.

Fallen diese länger aus, haben wir ein schlechtes Gewissen mit einem kurzen Text zu antworten. Wir geben uns lieber ausführlich Mühe, denn der andere könnte die gegenteilige Reaktion missverstehen.

## Wortlose Kommunikation

*„Man kann nicht nicht kommunizieren"*, stellte Watzlawick fest.[1] Wenn wir uns anschreien, flüstern, nicht ausreden lassen, ohne Sprache mit den Händen fummeln, etwas abwinken, anderen den Rücken zukehren, die Nase rümpfen, Augen rollen, Brauen hochziehen oder bewegungslos versteinern ist das eine kommunikative Aussage mit gewisser Wirkung. Danach entscheidet der Empfänger, abhängig seiner subjektiven Wahrnehmung und seinem Meinungsbild, was ihm übermittelt wurde. Vielleicht war es vom Sender anders gemeint, aber er ist es, der über seine Wahrheit entscheidet. Andere Perspektiven und Möglichkeiten, außerhalb des eigenen Horizontes zu betrachten, ist eine Kunst. Die Worte, die wir nutzen, machen in einem Gespräch nur einen Bruchteil unserer Verständigung aus. Ton, Mimik, Gestik und unsere Weltanschauung entscheiden den Rest. Wir werden von anderen angegriffen und beleidigt oder sogar manipuliert. Erst, wenn wir in jedem Moment in unserer Gelassenheit bleiben können, sind wir

---

[1] Quelle: Paul Watzlawick, Janet H. Beavin, Don D. Jackson. Menschliche Kommunikation. Huber Bern Stuttgart Wien 1969, 2.24 S. 53

am Ziel der liebevollen, wertfreien Kommunikation angekommen. Jemand, der laut und zickig reagiert, zeigt immer die Schwäche seines Lebensaspektes und gibt damit mehr über sich Preis, als er jemals zugeben würde. Bei jeder destruktiven Reaktion von uns, hat eine Person einen unserer empfindlichen Knöpfe gedrückt, die wir mit Zorn, Wut, Schmerz, Trauer oder Tränen ausleben. Wir dürfen genauer hinschauen, um Angriffe weniger persönlich zu nehmen und um nicht länger selbst zu rebellieren. Jegliche Form der Gewalt, sei es verbal oder physisch ist ein unbewusster Ausdruck von Hilflosigkeit und Angst. Dazu gehören weiterhin Schutzlosigkeit, Scham, Verlassenheitsgefühle, Wertlosigkeit, fehlendes Selbstbewusstsein, mangelnde Selbstliebe oder Minderwertigkeitskomplexe. Auf der anderen Seite verspüren wir den Wunsch nach Rache, Fairness, Ausgleich von Ungerechtigkeiten, Verständnis, Vertrauen, Respekt, Geborgenheit, Zugehörigkeit, Akzeptanz, Wertschätzung und Rücksichtnahme. Wir alle wollen so angenommen werden, wie wir sind, aber schaffen oft nicht einmal die Selbstannahme und verurteilen uns und andere. Schuldgefühle plagen uns, ein schlechtes Gewissen und die Fehler, die wir uns nicht verzeihen. Wir grenzen andere oder uns selbst aus, indem wir uns dementsprechend verhalten und erwarten bedingungslose Dazugehörigkeit. Wenn wir nicht zu uns stehen, uns gegenüber anderen kleiner machen als wir sind, unsere guten Leistungen abwerten, gleichzeitig andere in den Vordergrund ziehen und sie unnötigerweise in Schutz nehmen, dann sind wir es, die schutzbedürftig sind. Wir sehnen uns danach beschützt zu werden, wünschten uns das in unserer Kindheit und spielen die Rolle noch immer weiter oder kehren sie um. Nehmen wir die Schuld auf uns für etwas, dass wir nicht begangen haben, leben wir in einer alten Verkettung, von der wir uns lösen dürfen. Pauschalisieren kann man es nicht, aber wenn beispielsweise ein Kollege einen Fehler gemacht hat und wir es schweigend vertuschen und uns, statt den Verursacher in Schwierigkeiten bringen, ist die Situation zu hinterfragen.

Auch unser Körper sendet stille Schreie aus - mit Krankheiten und Symptomen. Wir verstehen unsere eigene Körpersprache nicht und verlangen von anderen, dass sie uns verstehen. Warum werden wir krank? Was will uns unser Körper sagen? Gönnen wir uns Ruhephasen, wenn wir erschöpft sind? Hören wir auf die Schmerzen oder ignorieren wir die Hinweise, bis wir zusammen brechen? Welche Belastungen liegen auf unseren Schultern? Sind wir verspannt und hart-näckig? Was bereitet uns Kopfschmerzen? Mein Date mit Klaus war schnell beendet, als er mir von seinen körperlichen Symptomen berichtete. Ich sprach mit ihm über zwei meiner Projekte, die ich zum damaligen Zeitpunkt realisierte. Themen, die mich beschäftigten. Ich offenbarte Klaus meine Interessen und ein Teil meiner Persönlichkeit.

*„Aaaaahhh, ich krieg Kopfschmerzen!"*, stöhnte er, an seine Birne fassend, und unterbrach unhöflich meine Erzählungen.

*„Tja, dann bist DU wohl der falsche Mann für mich!"*, erwiderte ich dem schmerzerfüllten Mann. Seine erneute Einladung lehnte ich dankend ab.

Bei Beschwerden, die nicht hypochondermäßig verursacht sind, schmeißen wir schnell eine Pille ein, um sie zu betäuben, damit wir das Gedankenkarussell nicht mehr hören. Die größten Krankheitsauslöser sind Stress und negative Emotionen. Wir können sie uns anschauen oder mit Medikamenten zum Schweigen bringen. Glücklicherweise gibt es die moderne Medizin, die uns länger und angeblich gesünder leben lässt. Manchmal hilft ein zusätzlicher Blick hinter die Kulissen - in unser Inneres. Was beschäftigt uns wirklich? Kann man etwas nicht ertragen, macht uns jemand krank, könnten wir von Sachverhalten grippalisch „kotzen", läuft etwas nicht nach unseren Vorstellungen, was uns am „voran-kommen" mit Fußbeschwerden hindert? Möchten wir Dinge nicht „mitansehen" und haben Augenprobleme? Schlägt uns etwas auf den Magen mit Sodbrennen, sind wir „aufgekratzt" mit „Aus-schlägen", reagieren wir allergisch gegen das Leben und Nahrungsmittel? Müssen wir die Zähne im Leben zusammen beißen und rennen zum Kieferorthopäden zur Korrektur? Der fachmännische Rat eines Arztes ist ebenso wichtig wie unser Geist. Wir sind keine unabhängigen Bausatzteile, Knochen und Organe, die mit Glück zusammen wirken und separat behandelt werden können. Unser Körper ist ein Meisterwerk, bei dem jede Zelle ineinander greift. Das ist der Weg der Genesung, bei dem wir vermutlich noch lange nicht angekommen sind, bei der ganzheitlichen Betrachtung.

Nicht nur unsere Krankheiten verstehen wir nicht, unsere Gefühle und Reaktionen ebenso wenig. Wann vergreifen wir uns im Ton? Wann reagieren wir anders als wir es selbst von uns erwartet hatten? Warum sind wir traurig und emotional, wenn wir keinen Grund erkennen? Weshalb verfolgen uns Ängste, die wir nicht loslassen können?

Warum beeinflussen vergangene Traumata unser heutiges Leben, obwohl diese längst vorbei sind? Fragen, die wir uns nicht beantworten können, aber die wir uns zunächst selbst beantworten dürfen, bevor wir Verständnis von anderen verlangen. Um das Theaterstück auf die Spitze zu treiben, existiert die Liebe und die Unterschiede zwischen Mann und Frau. Verschiedene Gehirnapparate, die gegensätzlich funktionieren. Die Frauenwelt arbeitet mit einer komplexeren Denkstruktur? Damit dürfen sich die Neurowissenschaftler beschäftigen. Einige Tatsachen sprechen für sich. Wenn sich eine Frau über den Vorgesetzten beklagt, tut der Göttergatte nicht gut daran, ihr die Denkweise des Chefs und Lösungsvorschläge zu präsentieren.

*„Mein Boss hat mir wieder Vorwürfe gemacht wegen der Präsentation. Er fand sie zu lang, und wenn ich sie kürze, meckert er immer über fehlende Infos, er ist so unfair!"*

*„Hast du die Präsentation überarbeitet und die Inhalte ausgiebig thematisch geprüft? Hättest du sie denn optimieren können?"*, beratschlagt er seine Frau und bringt sie damit zur Weißglut. In solch einem Moment wünschen wir uns lediglich Verständnis und Mitgefühl. Eine Problemanalyse wird uns, in der ohnehin schon eskalierenden Situation, zum tobenden Drachen mutieren lassen.

Weniger kommunikativ, aber ebenso aufwühlend ist die klassische Wartesituation auf den ersehnten Anruf des Mannes nach einem Date. Er ruft dich nicht an! Er antwortet nicht auf deine Nachricht? Dann kommuniziert er mit dir, dass er nicht mit dir kommunizieren will! Bei den Männern sind wir Damen aufgrund unseres Matrixfehlers nachsichtiger, als wenn eine Freundin im Begriff ist, uns zu versetzen. Wir wollen die Hoffnung auf seine Liebe nicht verlieren und verfallen in ausgeuferte Verzweiflungsrufe.

*„Er will mich nicht"*, schluchzen wir der besten Freundin in den Hörer. Das wiederholen wir dann im täglichen Rhythmus. Idealerweise bei unterschiedlichen Freundinnen. Schließlich könnte uns eine von ihnen mit einem Funken Hoffnung trösten. Außerdem möchten wir nicht nur die beste Freundin voll jammern, bis er endlich in Vergessenheit gerät. Alle sollen etwas davon haben. Die Alternative wäre, mit gezielten Fragen bei uns selbst zu bleiben. Ist er überhaupt der Richtige für mich? Kenne ich ihn so gut, das schon beurteilen zu können? Fühle ich mich abhängig von ihm, lasse ich mich von Emotionen blenden oder schaue ich mich lieber weiterhin auf dem Markt um?

**Onlinekommunikation**

Der Partner Kaufladen ist eröffnet! Wie wäre es mit einer Produktempfehlung: Kunden, die diese Person gedatet haben, dateten auch diese. Wir brauchen einen Date-Empfehlungsbutton. Damit würden sich einige Katastrophen vermeiden lassen. Männer und Frauen wären lernfähiger und würden ihren Charakter schulen, wenn arrogantes, unverschämtes, unzuverlässiges, unangebrachtes und beleidigendes Verhalten Konsequenzen hätte. Ich testete eine Wisch-Match-Next-Plattform. Die hatte nicht grade das beste Image, aber ein Versuch war es wert, denn mittlerweile war auch der Rest meines Freundeskreises totally in love und matchten sich noch heute. Wenn das bei anderen funktionierte, sollte das doch auch für mich möglich sein, dort meinen Hans im Glück zu finden. Weit gefehlt. Ich stach mich wie Dornröschen, biss in den vergifteten Apfel von Schneewitchen, fühlte mich wie Pechmarie und der Prinz wechselte zum anderen Ufer und spielte lieber mit den sieben Zwergen. Wach geküsst wurde ich nur von der Realität. Aus Unachtsamkeit verschickte ich ein Like, das prompt zum Match führte. Auf seinem Profilbild räkelte er sich mit zwei Grazien. Ich musste betrunken oder mit den Fingern abgerutscht sein, um

ausgerechnet ihm ein virtuelles Herz zu schicken. Und schon bekam ich Toms Message:
*„Hi süße Maus!"*
Seine erste Textnachricht verfasste er allen Ernstes mit *„Hi süße Maus!"*? Dann hatte ich wohl doch einen Kater? Weder wollte ich zu Jerry werden, noch mich von Tom jagen lassen. Wie sagte ich ihm einfühlsam, dass dieser kleine Satz mich zu der Bewertung veranlasste, ihn für einen sexistischen Macho zu halten? Konnte ich die Perspektive wechseln und es lediglich als nett gemeintes Kompliment auffassen? Sein Profilbild war schon bezeichnend, aber vielleicht war er lediglich gesellig, feierte gerne und hatte viele Freunde, beziehungsweise Freundinnen, weil er so ein verständnisvoller Kerl ist? Zuvorkommend und liebevoll, da er die Ladies mit seinen starken, warmen Armen beschützte? Freundlich, da er dabei lächelte und Glück ausstrahlte? Nein! Ich hielt ihn eher für den Typ Mann, dem ein kräftiger Korb keinen Schaden zufügen konnte. Ebenfalls eine rein subjektive Einschätzung, ohne den weichen Kern seiner Seele zu berücksichtigen, aber manchmal musste man nicht um den heißen Brei herum schwafeln. Ich tippte so wenige Worte wie möglich, aber mit aussagekräftiger Bedeutung in mein Telefon:

*„Süße Maus? Du bist raus!"*
*„Hey, du kannst ja reimen, cool. Was bedeutet das jetzt?"*
Zwecklos. Die beste Kommunikation ist an dieser Stelle *keine* Kommunikation. Bei vielen verläuft das Kennenlernen über das Internet ohnehin im Sand. Die Auswahl ist groß, die Verpflichtung klein. Dennoch, es gibt immer wieder Goldstücke im weltweiten Netz, aber es ist eine Kunst sie herauszufischen. Viele gute Männer und Frauen lieben ihr Leben und machen es nicht von einem Partner abhängig. Sie surfen nicht stundenlang durch Dating-Portale, planen ein Date nach dem anderen, starten freitags schon auf die Piste, sondern genießen oftmals ihre Zeit mit Freunden, Familie, Hobbys und verwirklichen ihre Lebensziele und Träume. Das bedeutet nicht, dass der Raum für eine Partnerschaft fehlt, nur die Suche ist weniger wichtig, da sie ein erfülltes, glückliches Leben führen. Eine Beziehung ist für sie ein Bonus, der ganz oder gar nicht gelebt werden will.

## Die Verabredung auf der anderen Leitung

Nach einem Date als Frau selbst zum Hörer greifen, statt dem Mann nur zu texten? Das wäre eine Möglichkeit. Die Männer würden sich über die Emanzipation freuen. Ist er bereits verliebt in dich, wäre er begeistert, aber es könnte genauso gut zu einer falsch verstandenen Überbewertung führen, da ein Anruf nicht mehr zum guten Ton eines Kennenlernens gehört. Der Klassiker ist voll out. Wir wären in seinen Augen, wenn er nicht bereits Herzen von Dir darin sieht, unsterblich in ihn verliebt, ein bisschen kontrollsüchtig und viel zu anhänglich. Der Mann sollte die Initiative ergreifen. Das ist kein Hindernis für den Weg in eine Beziehung. Umgekehrt dagegen schon, da die klassischen Muster und der männliche Jagdinstinkt noch immer in ihm verankert sind, selbst wenn er es nicht zugeben würde. Persönliche Gespräche haben nachgelassen. Kann man sich heutzutage wirklich nur noch in Short Mails verständigen? Die meisten wissen gar nicht mehr, dass man mit einem Smartphone sogar telefonieren kann. Also schreiben wir dem Mann im Kennenlern-Status Kurznachrichten und deuten wild in den Bedeutungen darin herum.

Je nach Gemütszustand und Erfahrungsschatz können wir bei der Deutung der Nachricht total falsch liegen. Wir beginnen uns zu rechtfertigen, zu korrigieren, nachzufragen, zu ärgern, uns zu wundern und tippen uns von der Sehnenscheidentzündung über die Kurzsichtigkeit zur Genickstarre. Wo sind die Stimme, die Ironie, ein Lachen, der Ausdruck und die Emotionen der Sprache? Und wie verpackt man die dreidimensionale Welt in ein Text-Date? Rainer stellte sich dabei nicht so meisterlich an. Er trat mit dem Versuch in Aktion ein zweites Treffen zu arrangieren.

*„Wie meinst du das? Bist du jetzt sauer? Wo willst du hin? Wenn dir das so wichtig ist, dann soll mir das auch recht sein. Hatte ich dir aber doch schon geschrieben, Zwinkersmilie. Der Drink geht auch auf mich, Zungerausstreck-, Augenverdreh-Smilie und Cocktailglas-Gimmick. Schreib mal, was dir am liebsten ist"*, schrieb er, als es um die komplexe Klärung unserer Verabredung ging. Auf was sollte ich sauer sein? Wie ich das meinte? Wie ich was meinte? Was meinte er? Ich hatte doch noch gar nicht geschrieben, wo ich hin wollte. Meinte er mich oder schrieb er noch einer anderen? Was hatte er nochmal geschrieben? Ich musste mal zum Nachrichtenverlauf nach oben scrollen. Vielleicht hatte ich doch schon etwas

zum Treffpunkt geschrieben? Ich griff zu meinem Handy und ersparte mir die Suche und weitere Diskussionen:

*"Ruf doch einfach mal an."*
Ein frommer Wunsch.
Tobias antwortete: *"Okay. Wann passt es dir denn?"*
*"Wie wäre es jetzt?"*, erwiderte ich erwartungsvoll.
*"Rufst du an, oder soll ich?"*, hakte er nach.
*"Du bitte, ich habe keine Flatrate."*
*"Ich ruf dich gleich vom Firmenhandy an, also nicht wundern, wenn es eine andere Nummer ist. Ich muss nur vorher noch schnell den Handwerker anrufen. Meld mich in zehn Minuten."*

Nach dreißig Minuten schickte ich ihm ein
*"Hallo?"*
*"Meine Katze hat in den Flur gekotzt, wische grade noch. Katzenkotzsmilie"*, schrieb Tobias, da ihm das passende Emoji fehlte.

Eine Stunde später: *"Und? Ist dein Boden sauber?"*

Ich wartete eine weitere Stunde auf seine Antwort, staubsaugte die Wohnung, lackierte meine Nägel und machte mir etwas zu essen. Immer noch keine

Rückmeldung und kein Anruf. Ich griff erneut zur Textnachricht:

*„Ruf doch einfach an, Mann!"*
*„Sorry, mein Nachbar kam eben noch vorbei, der hatte keine Milch mehr und ich hab ihm gleich noch meine Eier gegeben. Schon spät, ich melde mich morgen. Gutenacht-Zwinker-Smilie."*

Nadine Kretz
auf der Suche nach dem
„Warum bist Du Single?" und die
Herausforderungen des Single-Marktes

Nadine Kretz
**Warum bist Du Single?**
Kurzgeschichte

Nadine Kretz

Weshalb sind selbstbewusste, tolle Frauen heutzutage so lange Single? Mit Witz, Ironie und Ausdauer werden von Online Dating, Single Events bis Medienauftritten keine Theorien, Gelegenheiten und Erfahrungen ausgelassen, um an den Mann zu kommen.
Gibt es einen Weg, trotz aller Enttäuschungen, die Hoffnung auf Mr. Right nicht aufzugeben und sein Leben in eine andere Richtung zu lenken?

Buch ca. 260 Seiten
Erscheint 2017

Weitere Veröffentlichungen:

**Wenn Zwanziger auf Dreißiger treffen**
Mein Artikel auf beziehungsweise-magazin.de zum Thema Kennenlernen im Club

**Männer, so erobert ihr richtig!**
Mein Artikel auf beziehungsweise-magazin.de zum Thema Kommunikation bei der Partnersuche

**Liebe an der Côte d'Azur -**
**Baron, Kampfhähne und Champagnerfeten**
Meine Kurzgeschichte mit Reiseabenteuern und einer neuen Liebe - kostenlos auf readfy.com


Weitere Texte, Informationen und Themen auf
www.nadine-kretz.de

Danke an alle, die mich unterstützen
und an meine Leser.